Friedrich Adler

Neue Gedichte von Friedrich Adler

Friedrich Adler

Neue Gedichte von Friedrich Adler

ISBN/EAN: 9783742897855

Hergestellt in Europa, USA, Kanada, Australien, Japan

Cover: Foto ©Andreas Hilbeck / pixelio.de

Manufactured and distributed by brebook publishing software (www.brebook.com)

Friedrich Adler

Neue Gedichte von Friedrich Adler

Neue Gedichte

Von

Friedrich Adler

Leipzig
Georg Heinrich Meyer
1899

Inhalt.

	Seite
Carl Egon Ebert	1
Leid	3
Der Baumeister	7
Glück	8
Mein Theekessel	10
La sala de los muertos	12
Schade	15
Einsamkeit	16
Dein Wort	18
Träume	20
Mit einem kleinen Boot	22
Der Schnellläufer	23
Wirke, bilde!	25
Vor dem Spital	26
Juni	28
Alles in Blüte	29
Triest	30
Der Kaiser	32
Einem Dichter	34
Ein Gebet	36
Das erste Mittagsmahl	37
Dämmerstunde	38
Ularichs Bestattung	39

	Seite
Beethoven	41
Mozart	45
Campo santo	46
Unter Buchen	47
An Lieschen	49
Ali	51
Nil admirari	52
Schönbrunn	54
Tedeum	55
Schulweisheit	58
Jonathan	60
Auf der Brücke	62
Die Uhr	63
Waldinneres	65
Mein Vorgänger	66
Schlußwort	68
Am Klavier	69
Der Vermittler	71
Guarda e passa!	75
Nachruf	76
Spruch	78
Verona	79
Ein Tagebuchblatt	80
Spatzen	82
Gruß aus Florenz	84
Der Blinde	86
Selbstbildnis	87

IV

Carl Egon Ebert.

Seit sich mein Ohr des Wortes Klang geöffnet,
War heilig mir dein Name auch gewesen,
Des Dichters, der in Böhmens harten Grund
Den Keim der deutschen Poesie gelegt —
Und Ehrfurcht war's, die mir die Lippen schloß,
Als ich vor dir, dem Achtzigjährigen stand.

Doch deine Milde löste rasch den Bann.
Bald plauderte ich dir von meinen Plänen,
Und du, wie Wissende mit Wissenden,
Besprachst das Handwerk und das Kunstgeheimnis
Und gabst auf Fragen liebevolle Antwort.
Ich aber klagte, daß mein heißes Streben
Durch keine edle Frucht noch ward belohnt.
Drauf tröstend du, mit väterlichem Ton:
„So jung, wie Sie!" Doch ich mit schnellem
         Einwand:
„Ich bin so jung nicht mehr." Du, halb ver=
         wundert,

Sahst lang mich prüfend an, und ich voll Nachdruck:
„Nein, ganz gewiß, ich bin schon vierundzwanzig!"

Da glitt ein Lächeln über deine Lippen.
„Schon vierundzwanzig, vierundzwanzig Jahre!"
Sagtest du langsam, nicktest mit dem Kopf
Und sankst in Schweigen . . .

Was dich bewegt, ich weiß es heute besser.
Und wehmutvoll seh' ich das alte Bild,
Das stille auftaucht aus vergangnen Tagen:
Den Jünger, träumend von der goldnen Ernte,
Der stolzen Ruhe nach vollbrachtem Werk,
Den Meister, träumend von dem weiten Saatfeld,
Das überquillt von drangvoll neuem Leben.

Leid.
(Beethovens neunte Symphonie, erster Satz.)

So viel Schmerz und warum?
So viel Kampf und wozu?

Es schüttet die Erde
Die Keime des Lebens
Sorglos hinaus,
Und sie wachsen, sie reifen,
Sie reifen und sterben.
Und dazwischen wie wenig
Leuchtet des Lichts!
Tausend Fäden,
Die ungeleitet irren,
Müssen sich finden
Und sich verweben,
Ehe der Freude
Karger Mantel das Herz umhüllt.
Aber jeder Faden,
Der fehlt des Weges,

Ist eine getäuschte Hoffnung,
Ist ein brennendes Leid.

Und schreiten seh' ich
Über das Leben hin
Die Woge des Unglücks.
Hoch auf
Bäumt sich ihr Berg,
Und wie sie herabstürzt,
Trifft ihr breiter Fall
Zahlloses Sein.
Und von ihr stäuben
Millionen Tropfen,
Und jeder Tropfen
Tötet ein Glück
Und verwundet ein Herz.
Und rastlos, endlos
Erneut sich die Woge
Und steigt und fällt.

So viel Schmerz und warum?
So viel Kampf und wozu?

Und die zitternden Wesen,
Getrieben vom Schicksal,
Eilen dahin
Und ducken sich bange,
Oder füllen die Frist
Mit flüchtigem Lachen.

Ehe sie selbst erliegen
Dem furchtbaren Los,
Kehren sie ab ihr Antlitz
Vom Grauen des Daseins.
Mich aber treibt es,
Den Jammer zu hören,
Das Weh zu empfinden,
Mich eins zu fühlen
Mit allen, die leiden.

Nicht wenden kann ich
Die bittre Qual,
Keine Hilfe hab' ich für euch.
Aber weinen will ich
Und mit euch beben,
Und eures Schmerzes Widerhall
Gieße Trost in die Pein.
Kommt heran, ihr Bedrückten:
Alle Not,
Die dumpf auf euch lastet,
Alle Verzweiflung,
Die austönt im Schrei,
Alles Ringen,
Das lautlos zusammenbricht —
Kommt, mein Herz ist euch offen:
Und es will dulden,
Und mit euch leiden,
Von aller Qual
Erzucken und schauern,

Und, alles Weh der Erde
In sich zusammenfassend,
Laut stöhnen und klagen:

So viel Schmerz und warum?
So viel Kampf und wozu?

Der Baumeister.

Vollendet heute ist das Haus —
Bescheiden tret' ich nun heraus,
Wo ich gewaltet ohne Rast,
Und bin nicht Herr mehr, bin nur Gast.
Der frohe Eigner zieht herein —
Mag's ihm zu Lust und Segen sein!
Doch wer auch drinnen herrschen mag,
Das Haus, das leuchtet hell im Tag,
Es ist doch mein und bleibt es auch.
Es wuchs von meines Geistes Hauch:
Wie ich es dachte, ich es sah,
So steht's durch meine Arbeit da.
Ich fühl' es recht, wie frohbewegt
Sich meine Schöpferkraft geregt,
Und sorgt' ich drum bei Tag und Nacht,
Ich hab' es doch für mich gemacht.
Im neuen Haus, das stolz sich hebt,
Nun wohnt darinnen, ringt und strebt
Und wirbt drin um des Glückes Lohn —
Ich habe meine Freude schon!

Glück.

Seit ich die Augen aufgeschlagen,
Hab' ich gelitten und entbehrt,
Ich sah ins Antlitz dem Entsagen
Und rang und kämpfte — ohne Schwert.

Allein wie viel mich Not getroffen,
Und ob's auch thöricht mir erschien,
Es rief in mir: Noch sollst du hoffen,
Noch wird das Glück ins Herz dir ziehn.

Nicht dacht' ich, was es sollte bringen,
Ich fühlt' es schweben nur von fern,
Ein unbestimmtes Träumen, Klingen,
Ein Sehnen ohne Form und Kern.

Und all mein Streben und Verlangen
Ward sanft und still mit einemmal,
Das Herz gerüstet, zu empfangen
Des Friedens Licht, der Freude Strahl.

Und alles ſah dem Glück entgegen,
Fort bannt' ich allen Wuſt und Duſt,
Daß, wenn es kommt mit ſeinem Segen,
Es finde rein und frei die Bruſt;

Daß es zu tiefſt mich heilige, weihe
Und mild mir übergieße ganz
Der ſchweren Jahre dunkle Reihe
Mit ſeinem weichen Silberglanz.

Wohl hör' ich bang den Zweifel fragen,
Was mir der wirre Traum noch frommt —
Doch ſiegreich dringt durch alles Zagen
Der leiſe Ruf: Es kommt, es kommt!

Mein Theekessel.

Morgens bereit' ich mir selbst den Thee.
Stelle den Kessel zurecht, wie von je,
Und der Weingeist flackert und flammt.
Warten ist nicht mein Lieblingsamt,
Und ich schaue nach andern Dingen.
Bald beginnt's zu summen, zu singen,
Aber ich bin gewohnt, es zu hören,
Lasse davon mich im Thun nicht stören.
Jetzt wird's dumpfer, es brodelt munter,
Tropfen fallen zischend herunter,
Endlich ein Brausen wie beim Katarakte,
Und der Deckel in stürmischem Takte
Tänzelt und klappert ohne Ruh' —
Und jetzt spring ich eilig herzu.

Weißt du, mein Kessel, ich lieb' dich so. —
Stoß' ich auf etwas, was dumm und roh,
Auf die Stumpfheit, welche kein Schaffen,
Und kein Denken empor kann raffen,

Auf verjährte dunkle Gewalten,
Welche die Zeit im Zaume halten,
Auf manch läppischen Tagesstrauß,
Dann — es hilft nichts — muß es heraus.
Ist wer dabei, Gott schütze jeden!
Ich muß den Ärger herunterreden.

O ich seh' es wohl, wie die Klugen
Seitwärts zu mir herüberlugen,
Weil sie, die Gesetzten und Reifern,
Nie sich über etwas ereifern,
Immer besonnen und gemessen,
Niemals im Ausdruck sich vergessen,
Wie sie lächeln so mitleidsvoll —
Aber ich will nicht bergen den Groll,
Will mich ärgern und will zanken,
Will das Brodeln in meinen Gedanken,
Will es merken an meiner Hast,
Daß mich noch etwas ergreift und faßt.

Gönnen wir andern den kühlen Frieden,
Wir, mein munterer Kessel, wir sieden!

La sala de los muertos.

„Und dies, Herr, ist das Refektorium,
Die Leute nennen es den Saal der Toten."
Der Führer sprach es, wie gesetzt auf Noten,
Ich hörte ihn und fragte nicht warum.

Denn, wie ich eintrat, blieb mein Blick gebannt
Von einem Freskobild in lichten Farben:
„Herr Jesus segnet auf dem Feld die Garben —"
Es deckte breit des ganzen Saales Wand.

Die Schnitter lagern, andre stehn um ihn,
Den Herrn, gereiht, der strahlt im hellsten Scheine;
Den Saum des Mantels küßt der Frauen eine,
Die andern, Kränze in den Haaren, knien.

Die Lust an Arbeit und am Leben lag
Auf jedem Angesicht. Der Führer nickte:
„Da blieb noch jeder stehn, der das erblickte,
Der Meister unbekannt; altspanischer Schlag!

Und seht, in diesem Saal — Napoleon
War in das Land gewaltsam eingedrungen,
Verzweifelt ward um unser Recht gerungen,
Selbst Heldenmädchen — nun, das wißt Ihr
schon.

Erobert ward auch diese Stadt. Der Feind
Nahm Rast im Kloster, drin die Jesuiten
Zwar mit dem blanken Schwert nicht mitgestritten,
Doch heiß fürs Land gebetet und geweint.

Der Orden grüßt des Kaisers General,
Wie's Unterlegnen ziemt, und eifrig rüstet,
Da es den Sieger nach Erfrischung lüstet,
Im Kloster man das überreiche Mahl.

Doch der Franzose: „Ruft den Prior mir!
Schön Dank! Doch würzt dem Feinde man die
Speisen
Vielleicht zu stark! Wollt Ihr Euch gastlich weisen,
So speist mit uns der ganze Orden hier!"

Des Klosters Brüder setzen sich zum Tisch.
Und festlich wird das Gastmahl aufgetragen:
Die Gäste alle lassen sich's behagen,
Und Weine fließen, und der Mut wird frisch.

Sie scherzen: „Ei, man lebt hier gut im Stift!"
Da steht der Prior auf, steht kerzengrade:

„Ihr Herrn! Empfehlen wir uns Gottes Gnade!
Wir aßen mit Euch ... in dem Mahl war
Gift!" —

Der Führer pries der Mönche Todesmut —
Mich aber faßte tief ein wilder Schauer,
Und jenes Bild des Friedens an der Mauer
Erschien mit einmal mir getaucht in Blut.

Ihr Blick hing brechend an dem Angesicht
Des Heilands, der das Brot in Milde segnet —
Und bang, als wär' dem Tode ich begegnet,
Floh ich hinaus ins freie Sonnenlicht.

Schade ...

Hoffnungen, den aufgescheuchten
Vögeln gleich, durchziehn die Weiten,
Und im Geist mir wetterleuchten
Hunderttausend Möglichkeiten.

Steh ich oben? Lieg ich unten?
Lösen wird es sich beizeiten —
Schad' nur um die blitzend bunten
Hunderttausend Möglichkeiten!

Einsamkeit.

Am Waldesrand wird tapfer geschmaust:
Ich nehme nicht Aufenthalt,
Mich treibt es dahin, wo es braust und graust,
In den dichten, den finstern Wald.

Mich zieht es hinein in den tiefen Tann,
Wo still das Geheimnis spinnt,
Mein pochendes Herz eilt wild voran,
Und es lockt mich raunend der Wind.

Das Lachen verschwimmt, das den Wald durch-
brach,
Nur langgehalten dringt
Fern noch des Hornes Ruf mir nach,
Allein auch dieser verklingt.

Und weiter treibt mich der Sehnsucht Macht,
Es stirbt des Tages Schein,
Und nun steh' ich in schwarzer Waldesnacht,
Und schauernd bin ich allein.

Und mir ist, als wär' mir genommen ganz,
Was andere Herzen erhellt,
Kein Schimmer mein von der Freude Glanz,
Kein Boden in all der Welt.

Sie streben so sicher und kerngesund
Und schaffen im Leben sich Raum,
Fest stehen sie da auf der Erde Grund:
Mein Reich, es liegt im Traum.

Verronnen rasch ist des Lebens Frist,
Und ich nütze sie nicht, die Zeit:
Es sprengt mein Herz, das endlich ist,
Meines Sehnens Unendlichkeit.

Was will ich? Es ist mir nicht bewußt —
Doch möcht' ich in brausendem Wehn
Das Sein empfinden in voller Brust
Und dann im All vergehn.

Im All, geheimnisvoll und hehr,
Das traulich zu mir spricht
Aus dem schweigenden Wald, aus des Dunkels
                                        Meer
Und der Sterne ewigem Licht.

Dein Wort.

Wie grau der Tag, wie leer das Leben!
Kein Ziel, kein Glück hob mich empor,
Ein trostlos ödes Weiterweben —
Da klang dein Wort mir an das Ohr.

Es sprach in Lauten, nie vernommen,
Von halb verklungner Seligkeit,
Von Funken, die noch nicht verglommen,
Von einem Altar, nicht entweiht.

Mir war, wie wenn in Kerkermauern
Mit einmal fiele breites Licht,
Die Seele fühlte tiefstes Schauern,
Doch waren's dunkle Schauer nicht.

Es war ein mutig Aufwärtsschweben,
Ein Atemholen, frei und tief,
War Ahnungsschein von einem Leben,
Das unter düstern Nebeln schlief.

Des Höchsten wollt' ich mich erkühnen,
Und alle Blüten meines Ich,
Die du gerufen in das Grünen,
Sie sollten duften nur für dich.

Allein die Nacht, die lang und bange
In mir geherrscht, weicht nicht so leicht,
Ich fühle, wie der Sorge Schlange
Mein aufwärts ringend Herz beschleicht.

O sprich nun wieder! Laß mich hören
Dein liebend Wort, so weich und mild,
Es muß den bösen Zauber stören,
Freigeben, was zur Höhe quillt.

O sprich! ich häng an deinem Munde —
Nur Sieg um deinetwillen, Kind,
Auf daß gesegnet sei die Stunde,
Da wir zwei uns begegnet sind.

Träume.

Da ich erwache in schwüler Nacht,
Halb nur war ich im Schlummer gelegen,
Fühl' ich ein Wildes, das mit mir wacht,
In dem pochenden Herzen sich regen.

Unrecht kam heut höhnend zum Sieg,
Ganz umsonst mein redliches Streiten,
Nun grollt weiter in mir der Krieg,
Grollt und läßt sich zur Ruh' nicht leiten.

Und in die heiße Woge Blut,
Immer vergeblich niedergestritten,
Mischt sich mit einem Mal die Flut
Allen Unrechts, heute gelitten.

Aller Wille, der heut erdrückt,
Alle Wahrheit, heut überlogen,
Alles Bewußtsein, heute zerstückt,
Alle Ehre, in Staub gezogen —

All das wogt und schäumt nun empor
Und überkocht in mächtigem Branden!
Fand es am Tage auch kein Ohr,
Jetzt im Traum ist es frei von Banden.

Und der Trotz aus den Herzen springt,
Die in Schweigen und Dulden pochten,
An die Decke des Himmels dringt
Jetzt das Zürnen der Unterjochten.

Drohend pulst durch die Welt der Drang,
Sicher, das Ziel einst zu erreichen,
Sei es auch mit dem Untergang
Jegliche Rechnung auszugleichen.

Durch die Nacht, ein grimmiger Hauf',
Stürzen die Träume wild zum Gefechte —
Morgen wird's, und die Sonne geht auf
Über Gerechte und Ungerechte.

Mit einem kleinen Boot.
(An X.)

Vom deutschen Meer, das braust mit Macht,
Komm' ich herangezogen,
Ein Gruß ist meine ganze Fracht,
Ich trug sie durch die Wogen.

Von Gold und Silber unbeschwert,
Darf ich nicht stolz erscheinen:
Giebt der Empfang mir nicht den Wert,
Ich selber habe keinen.

Vertrauend deiner milden Art,
Versuch' ich hier zu landen —
Du läßt mich auf der ersten Fahrt
Doch nicht erbärmlich stranden?

Der Schnellläufer.

„Siebenmal um die Mittagstunde
Lauf' ich die ganze Wandelbahn!"
So der Alte mit kreischendem Munde.
„Aufgepaßt! Schlag zwölf tret' ich an!"

Und zu Mittag — buntes Gedränge
Schwillt und belebt den weißen Strand;
Schellengeklingel! Und durch die Menge
Eilt der Läufer im Schalksgewand.

Und der hagere Alte hastet,
Schmal ist die Bahn, das Getümmel dicht,
Doch er windet sich durch und rastet
Auch beim schwierigsten Hemmnis nicht.

Läuft, an die Hüften gepreßt die Hände,
Läuft und achtet sorglich darauf,
Daß er biegsam den Körper wende,
Zierlich vollbringe den Dauerlauf.

Ärgerlich schauen zuerst die Leute
Auf den klingelnden Harlekin,
Wissen nicht, was der Mann bedeute,
Lassen ihn achtlos weiter ziehn.

Er aber wirft mit Winken und Nicken
Dankbare Grüße ohne Zahl,
Und verkündet mit fliegenden Blicken
Ohne Atem: zum viertenmal!

Wieder hetzt er und schüttelt die Schellen —
Kaum, daß einer nach ihm seh' —
Ich allein verfolg' den Gesellen,
Weil ich den armen Narren versteh'.

Alle drängen wir, jagen und streiten,
Dieser geht unter, jener gewinnt ...
Daß die Augen der Welt uns begleiten,
Glauben wir alle, wie wir sind.

Wirke, bilde!

Wirke, bilde! Ob im Leben,
Ob im Zauberland des Scheins,
Zwing des Stoffes Widerstreben,
Sei mit deinem Schaffen eins.

Freu dich, wenn es Frucht getragen!
Aber köstlicher noch bleibt
Jener Tropfen Unbehagen,
Der zu neuem Werke treibt!

Vor dem Spital.

Bett an Bett! Rings blaffe Wangen,
Augen, vom Ertragen matt,
Drückend Schweigen, schweres Bangen,
Und die Luft von Dünsten satt.

Nun ins Freie! Gleich am Thore
Pfeift entgegen mir der Wind,
Kündet lustig meinem Ohre,
Daß hier die Gesunden sind.

Und da schreiten sie und jagen,
Weib und Mann und Kind und Maid, —
Helle Luft und frisches Wagen,
Ewige Geschäftigkeit.

Was gebrochen, was verloren,
Sie vertrauns den Lippen nicht,
Schmerzen, welche innen bohren,
Deckt ein lächelndes Gesicht.

Alles will die Kräfte zeigen,
Sucht des Lebens vollen Drang,
Und so geht der bunte Reigen
Froh und farbig seinen Gang.

Hier und dort ein flüchtig Stocken —
Das Geschick trifft seine Wahl —
Und die Opfer, tief erschrocken,
Schleichen fort sich aus der Zahl.

Zwischen Mauern, ungesehen,
Zagen sie mit bleichem Mund,
Ob sie wieder auferstehen —
Draußen ist die Welt gesund!

Juni.

Ein Sommerguß. Wie klatscht und prasselt das!
Und alles läuft. Rasch ist der Schwarm zerflogen.
Zwei Jungen stehn im Wege, triefend naß,
Und schauen starr hinauf zum Regenbogen.

Alles in Blüte ...

Alles in Blüte, alles in Schimmer!
Ist das dieselbe Sonne noch immer,
Die sonst ich sah?
Hör' ich die düstre Frage des Weisen:
Ist ein Lebendiger glücklich zu preisen?
Ich rufe: ja!

Tückische Nebel rauchen und fauchen:
Bald wird die Wonne dir niedertauchen
In Finsternis.
Weiß nicht, wie sich das Glück gestalte —
Doch daß ich's heute habe und halte,
Weiß ich gewiß!

Triest.

„Zum neuen Hafen!" Wir steigen ein.
Die Adria liegt im Morgenschein,
Die kleinen Wellen hüpfen und springen,
Uns den ersten Gruß des Meeres zu bringen.

Du tauchst den Finger hinein in die Flut
Und streifst die Lippen und sagst: „Es ist gut."
Denn ohne das Salz zu kosten, wäre
Man eigentlich gar nicht auf dem Meere.

Und schweigend schauen wir beide vereint,
Wie der Himmel die See zu umfangen scheint,
Und fühlen, indes uns die Lüfte umkosen,
Den Schauer vor dem Uferlosen.

Und jetzt im Hafen! Farbenbunt
Giebt sich das Leben des Südens kund,
Maste und Segeltücher und Schlote
Und dazwischen behende Boote.

Und wir können nicht staunen genug,
Nahn einem Schiff mit gewaltigem Bug,
Da — ist es Täuschung, was ich merke? —
Stocken die Leute mitten im Werke.

Und auf uns nur blicken sie alle her,
Und lächeln und lachen und immer mehr —
Erraten sie denn und auf welche Weise,
Daß wir ein Paar auf der Hochzeitsreise?

Und alle lachen, soweit wir sehn,
Schiffsjunge, Matrose und Capitän,
Es blinzelt selbst der Alte im Nachen —
Und wir allein sollten nicht lachen?

Ist doch das leuchtende Meer nur ein Stück
Von unserm ungemessenen Glück,
Weil wir in diesen seligen Tagen
Die Welt und die Sonne im Herzen tragen!

Der Kaiser.

Sein Herz so mild, die Seele so reich,
Allein das Antlitz totenbleich,
Der Leib ist matt, lang dauert es nicht,
Doch übt er noch treu des Herrschers Pflicht.

Und alles, was er gewollt und gedacht,
Das schreibt er, eh ihn umfängt die Nacht,
Auf ein weißes Blatt mit bebender Hand,
Und jubelnd grüßt es das weite Land.

Er aber seufzt: „Die Schrift, wie tot!
Wohl möcht' ich bringen das Morgenrot,
Doch warm aus dem Herzen, von Mund zu Mund,
So thät' ich's dem harrenden Volke kund.

Noch einmal, wie es vor Zeiten war,
Vom Throne spräche ich laut und klar,
Von fühlenden Lippen ins fühlende Ohr,
Und höbe mich stolz und freudig empor.

Ich rief, als der Dampf der Schlachten gegraut,
Zum Werke der Liebe fehlt mir der Laut,
Lebendig wirkt nur Lebendiges fort —
Ein Wort, ein mächtig hallendes Wort!"

Und es flammt ihm das Auge von heiliger Glut,
Ins blasse Antlitz tritt ihm das Blut,
Er ringt nach dem Wort, das die Seele befrei',
Dann lispelt er leise: „Vorbei, vorbei!"

Einem Dichter.
(Jaroslav Vrchlicky.)

Wild tobt des Lebens Kampf einher,
Der Taumel bindet alle Sinne,
Gering gilt, was nicht dient zur Wehr,
Und unnütz, was nicht zum Gewinne.

Der Schönheit Dienst wird arg gehöhnt,
Ein leeres Ding für müßige Leute,
Und wem die Seele leise tönt,
Der birgt sie ängstlich vor der Meute.

Doch kommt ein Tag: da stockt die Jagd,
Es brennen heiß die matten Lippen,
Es wacht ein Sehnen auf und klagt:
„O einen Trunk! Nur um zu nippen!"

Dann naht der Dichter — lang gehegt
Hat er der Erde reine Gabe,
Und tröstend an die Lippen legt
Den Aechzenden er milde Labe. —

So wahrst auch du den hohen Schatz
Und sorgst mit Liebe, ihn zu mehren,
Scheint für ein Lied auch jetzt kein Platz,
Die Stunde kommt, da sie's begehren.

Dann drängen sie heran voll Qual —
Du aber hältst den Reichtum offen,
Und zündest mit der Schönheit Strahl
In bangen Herzen Mut und Hoffen.

Ein Gebet.

Heut morgens hab' ich ein Gebet vernommen,
Wie noch kein beſſ'res mir ans Ohr gekommen.
Es ſprach's ein Weib, den Knaben an der Hand,
Die mühſam ſich durchs Marktgetümmel wand.
Der Knabe ſah die Weihnachtsherrlichkeiten
Und ließ begehrlich ſeine Blicke gleiten,
Sie ſprach und ſchaute freudig auf das Kind:
„Gieb, Gott, nur Kraft, daß ich mich tüchtig
ſchind'!"

Das erste Mittagsmahl.
Mit Veilchen.

Die wir als des Frühlings schlichte
Lieblingskinder stille blühn,
Grüßen gern, erwacht zum Lichte,
Junger Hausfrau erst Bemühn.

Ihren sanften, süßen Sorgen
Fühlen wir uns tief verwandt:
Alles Beste blüht verborgen,
Wirkt, nach außen ungekannt.

Neu erwacht sind Frühlingsweisen,
Lenz im Herzen, in der Luft —
In den Duft der ersten Speisen
Mischen froh wir unsern Duft.

Dämmerstunde.

Sprich nur, sprich!
Ich höre die Rede rinnen,
Ich höre dich.

Durch das Ohr nach innen
Gleitet die Welle;
Frieden trägt sie und Helle
Tönend mit sich.

Ich höre die Worte rinnen —
Ich will mich auf keins besinnen:
Ich höre dich.

Alarichs Bestattung.

*Nächtlich am Busento lispeln, bei
Cosenza dumpfe Lieder . . .*

Nun zieht hinaus — euch traf das Los,
Den König zu begraben.
Ich seh, die Augen leuchten groß
Euch Männern und euch Knaben.
Flußabwärts geht und wählt den Ort —
Kein Blick wird euch geleiten,
Es weht der Wind die Spuren fort,
Die eure Füße schreiten.

Sein Ruhm lebt fort im Liede —
Dem Leibe sei der Friede!

Tief im Busento ruh' er aus!
Da baut dem früh Verblühten
Sein steinernes, sein ewig Haus
Und laßt den Strom es hüten.

Die Rüstung nehmt, nehmt rotes Gold
Und nehmet kostbar Linnen —
Was stolz und stark, was licht und hold,
Tragt ihr mit ihm von hinnen.

So schlaf' in vollem Prangen,
Der jäh von uns gegangen!

Und wo der blonde König ruht,
Kein Lebender darf's wissen —
Was sie verbirgt, der dunklen Flut
Wird's nie und nie entrissen.
Ich habe euern Schwur als Pfand,
Und traue eurer Stärke —
Auch du, mein Sohn, nimm meine Hand,
Dann auf zum großen Werke!

Verrat ist nicht bei Gothen,
Doch stumm sind nur die Toten!

Beethoven.
(Neunte Symphonie, vierter Satz.)

Ich bin ein Mensch und will meine Freude!

Schal wird der Trunk,
Den das Glück kredenzt
Millionen von Lippen;
Ungenossen und unempfunden,
Bringt er nur dumpfes
Gefühl der Trägheit.
In mir aber
Sollte er aufglüh'n
In unendlicher Glut
Und von dem Rausche
In meiner Brust
Sollte in tausend Herzen hinüber
Springen der Funke
Doppelten Lebens,
Doppelten Heils!

Aber vergebens!
Ein Spiegel bin ich,

Den Licht nicht traf,
Eine klangvolle Saite,
Die den Meister nicht fand,
Ein Echo, harrend auf ein erlösendes Wort,
Das nicht gekommen.

Und nun schau' ich in Bitterkeit
Zurück auf den Weg.
Mir schlägt kein Herz,
Das selig macht,
Mir ward kein Boden,
Auf dem ich stehe,
Einsam leb' ich
Mit meiner Seele,
Und selbst die Pforte,
Durch welche die Welt des Klanges einströmt,
Ist mir verschlossen.

Und doch, du klagendes Herz,
Belügst du mich nicht? —
Was immer mir gestorben,
Eins lebt in mir:
Die Kraft zu schaffen,
Die mich gleich macht dem Gott!

Laß sie zersplittern, die morsche Welt!
Ich bau' sie aus Nichts
Herrlicher, reiner,

Und all das, was im Traum ich ersehnt,
Giebst du mir, meine Kunst!
Unendliche Seligkeit,
Wonne sonder Reue,
Das Schweben über dem Abgrund
Ohne Sorge, ohne Grauen.
Wunderbar Geheimnis,
Das aus Geräuschen Töne bildet,
Aus nüchternen Worten hehren Gesang,
Leuchtende Farben aus grauer Erde —
Du überwindest
Des Leibes Gebrechen,
Du füllst mit Göttern
Den entvölkerten Himmel
Und überschüttest mit blühenden Blumen
Die Wüste der Seele!

Aus der Nacht,
Aus dem Trotz mit dem Schicksal
Ringt es sich auf —
Im Herzen innen
Wallt und wogt mir
Ein uferloses Meer,
Und siegreich tönt
Aus Leid und Not,
Aus dem flüchtigen Taumel des Lebens,
Aus dem wilden Schäumen des Grolls,
Aus schmerzlich nutzlosem Sehnen
Hell und klar

Nicht die Verheißung des Glücks,
Das Glück selbst,
Und meine Seele jauchzt:

Freude, schöner Götterfunken!

Mozart.

Glöckchenklang und süße Flöte
Öffnen dir der Weisheit Pforte,
Neuen Lebens Morgenröte
Grüßt dich mit geweihtem Worte.

Rosen decken und verklären
Dir den strengen Weg zum Ziele:
Lächelnd Glück wird das Entbehren
Und die Prüfung wird zum Spiele.

Was nicht düstre Stirnen lösen,
Löst das Herz, das sonnenhelle,
Gießt selbst um den Trotz des Bösen
Seine heitre Liederwelle.

Gieb dich hin den holden Stunden,
Die den Mantel um dich schlagen,
Dich als Sieger ohne Wunden
In den Märchenhimmel tragen.

Campo santo.

Zwischen stolzen Prunkdenkmälern,
Redend von erhabner Trauer,
Glitt mein müder Blick zu Boden.
Da zu meinen Füßen sah ich
Halb im hohen Gras versunken
Ein verwittert Liebeszeichen,
Schmerzlicher als all die andern.
Eine kleine Doppelthüre,
Derb geschnitzt aus schlechtem Holze,
Und davor ein Beet mit Rosen,
Dunkelroten, vollen Rosen.
Aber dicht an jene Thüre
War gelegt ein Schloß von Eisen
Und mit Stacheldraht umwunden,
Und vom stillen Platz des Toten
Zu den dunkelroten Rosen
War versperrt ein jeder Weg.

Unter Buchen.

Im Buchenwald bei Sonnenschein —
Es mag kein schöner Wandern sein:
Der Moosgrund weich, der Schatten dicht,
Nur überhuscht von Tupfen Licht.

Die hellen Stämme groß und stark
Und festgefügt bis in das Mark,
Ein Riesenheer, das ernste Wacht
Hält in der stillen Waldesnacht.

Welch stolzer Anblick rundherum!
Da steh, ein Baum, ganz eigen krumm;
Auf einen Fels gestellt, umspannt
Den Stein er rings, wie eine Hand.

Inmitten ins Geröll vertrug
Den jungen Keim des Windes Flug,
Und da das Bäumchen Boden fing,
Schlugs eben Wurzel, wie es ging! —

Mein Auge labt sich an der Kraft,
Die grade aufragt reckenhaft,
Jedoch mein Herz freut sich am Baum,
Der im Gestein sich brach den Raum.

An Lieschen.

Acht Tage alt, mein Mädchen!
Wie schnurrt des Lebens Rädchen
So lustig und geschwind!
So geht es fort auch künftig —
Und ach, man ist vernünftig,
Eh man sich recht besinnt.

Gerüstet war schon lange
Zu festlichem Empfange
Dein blinkendes Quartier.
Wie hieß man dich willkommen!
Wie wardst du aufgenommen!
Und nun, gefällt's dir hier?

Du schaust mich an — ja, freilich,
Daß du schweigst, ist verzeihlich,
Doch ich vermag es nicht.
Seit ich betrat die Schwelle,
War nie die Welt so helle,
War nie der Tag so licht.

Wie reich bin ich geworden!
In quellenden Accorden
Ward Freude in mir wach.
Der Einsamkeit ergeben —
Und nun ein dreifach Leben,
Nein, hundert-, tausendfach!

Du Junges und wir Alten,
Wir wollen fest uns halten
An diese Welt, wir drei.
Des Glückes Thor steht offen —
Nun weiß ich, was das Hoffen
Und was die Zukunft sei!

Ali.

Vor Sultan Ali trat, die Stirne kraus,
Der finstre Aga, der versah sein Haus,
Und sprach, sich tief verneigend: „Quell der Gnade,
Dein Lächeln sei die Sonne meinem Pfade!
Doch heut vergieb, wenn ich Verdruß dir bringe,
Vor deinen Thron mit meiner Klage dringe.
Der Diener hundert stehn in deinem Sold,
Du überschüttest alle sie mit Gold,
Giebst kostbares Gewand und Speis und Trank —
Sie aber frevelnd sagen schlechten Dank.
Denn sie — mit Grimm hab' ich's entdeckt zur
                              Stunde —
Sie werfen deine Speisen vor die Hunde.
Zu reichlich giebst du . . ." Ali unterbrach
Des Aga Rede strengen Blicks und sprach:
„Du bist der Knecht und übest deine Pflicht;
Doch was dem Herrn geziemt, das weißt du nicht.
Ich thu', was mein, und lohne, die mir dienen:
Was jene thun — vergebe Allah ihnen!"

Nil admirari.

Nichts anzustaunen, das allein gewährt
Und bannt das Glück. Was Freund Horaz ge=
 lehrt,
Ich hab' es fast erreicht und bin nun Sieger —
Das zeigst du deutlich, ausgestopfter Tiger!

Wie lang, daß ich zum erstenmal dich sah!
Ein Junge, blöd und täppisch, war ich da
Aus einem Städtchen, fern von allem Leben,
Hineinversetzt in einer Hauptstadt Gassen
Mit ihren Häusern, ihren Menschenmassen,
Mit ihrer Hast, der keine Rast gegeben.
Noch band mich nicht zu sehr der Schule Pflicht;
Ich strich umher. Mit leuchtendem Gesicht
Sog ich die neuen Bilder in mich ein,
Die Wunder, ausgestreut an allen Ecken.
Ging ich auch fehl, ich ging doch stets allein,
Zu haben ganz die Freude am Entdecken.
Ein neu Erlebnis brachte jeder Schritt,
Mein Wissen wuchs, es wuchs die Seele mit.
Und einst, als ich halb träumend, halb im Wachen
Die Straße schritt, fuhr ich zurück entsetzt:

Aus einem Fenster blickte drohend jetzt
Ein Tiger her mit aufgesperrtem Rachen.
Wohl merkt' ich gleich, daß eine dicke Mütze
Den Kopf bedeckt, ein Muff im Maule hängt,
Sein Körper diente buntem Kram zur Stütze —
Allein der Atem blieb mir eingeengt:
Ich sah das Auge nur, das lauernd wacht,
Und starrte auf des Leibes stolze Macht.

Du stehst noch da, du lederner Gesell,
Und zeigst den Leuten dein geflecktes Fell.
Geh' ich vorbei, es streift mein Blick dich kaum.
Du bist mir in der Jahre weitem Raum
Vertraut geworden bis zum Überdruß —
Ich weiß zuviel von dir: das ist der Schluß.

Doch da ich heute wieder dich betrachte,
Fühl' ich, was unbewußt mich glücklich machte,
Wie voll das Herz mir aufging im Erkennen
Und wie gering, was sie Erfahrung nennen.
Froh sag' ich mir: Halt nur die Augen offen,
Verlorst du viel, du hast noch viel zu finden.
Kalt liegt die Welt nur da den Sehend=Blinden;
Unendliches darf noch dein Blick erhoffen,
Denn, mag die Klugheit ihre Sprüche raunen,
Des Lebens Glück ist, alles anzustaunen.

Schönbrunn.

Ein Wölkchen will auf deine Stirn sich legen —
Verscheuch' es gleich! Verdruß fliegt mit dem Winde
Und späht begehrlich, wo er Boden finde,
Und, faßt er Grund, ist er nicht wegzufegen.

Dich kleidet nur des Lichtes goldner Segen,
Die helle Freude ist dein Angebinde,
Und muß ich fürchten, daß sie dir entschwinde,
Wird mir so weh, wie zu Schönbrunn im Regen.

Der feuchte Sand weicht ächzend unterm Fuße,
Die grünen Mauern senden schüttelnd ihren
Ballast herab zu unwillkommnem Gruße.

Die nackten Göttinnen und Götter stieren
Hinauf zum Himmel, der im Kleid der Buße
Sie düstern Auges tauft, und frieren, frieren.

Tedeum.

Schon drei Tage tobt der Sturmwind, kraftlos
sinken aller Hände,
Jedes Kämpfen ist vergeblich, und sie harren auf
das Ende.

An den Boden, an den Mastbaum pressen,
klammern sich die Leute,
Stieren dumpf, reißt wild die Woge wieder einen
mit als Beute.

Auf dem Deck, die Lippen blutlos, kniet Columbus
im Gebete:
„Herr vergönne deinem Knechte, daß sein Flehen
vor dich trete!

„Einmal schon hast du geleitet meine Bahn auf
irrem Pfade,
„Die im Traum du mir gewiesen, du enthülltest
die Gestade.

„Deinem Namen, deiner Lehre wurden neue Reiche offen,
„Und ich durfte den Verlornen künden Heil und frohes Hoffen.

„Nur zu deiner Ehre wieder zog ich aus auf schwanken Wegen,
„Doch des Satans Grimm vermißt sich und will hemmen deinen Segen.

„Greif in seinen Arm, Gewalt'ger, brich des Sturmes wilde Schwingen,
„Rette deines Heils Gefäße, dein ist Wollen und Vollbringen!"

Sieh, mit einem Mal im Westen wird die schwarze Wolke lichter,
Einer sieht's und kündet's, Freude färbt die starrenden Gesichter.

Und aufs Knie hin sinken alle: „Preis dir, Herr, von unsern Zungen!
Deine Diener sind geborgen, und der Satan ist bezwungen!"

Und die Wolken ziehn vorüber, und es winkt des Himmels Bläue,
Und hernieder schaut die Sonne, die das Leben schützt in Treue;

Sie, die ewig hehr und heilig ihres Glanzes
Straße schreitet,
Über das, was ist und sein wird, ihres Lichtes
Schimmer breitet.

Lächelnd blickt sie auf die Beter, die da liegen
auf den Knien,
Feierlich zum Himmel schicken ihres Dankes Me‍-
lodien.

Lächelnd blickt sie in die Herzen, drinnen Gier
und Habsucht lauern,
Flugbereit, kaum, daß sie frei sind von des Todes
dumpfen Schauern.

Lächelnd blickt sie auf den Einen, der, entflammt
von edlem Wagen,
Hinzieht, Jammer und Zerstörung in die neue
Welt zu tragen.

Schulweisheit.

Da lehren sie dich von Jugend auf,
Was ist und was gewesen,
Den Ursprung kannst du und den Verlauf
In jedem Dinge lesen.

Und was du siehst, hat seinen Platz,
Und was du noch sehn wirst, seinen;
Mit deines Wissens reichem Schatz
Kann nichts dir neu erscheinen.

Nun trittst du kühn aus der Schule Kreis —
Wie schwirrt um dich das Gedränge!
Es macht den Kopf dir wirr und heiß
Und macht das Herz dir enge.

Und Mensch und Natur, wie wunderlich sind
Sie mit deinen Augen zu sehen,
Die Sprüchlein, die du gehört als Kind,
Die lernst du ganz eigen verstehen.

Der ganze Bau deines Lebens fällt
Vor deinen bangen Gedanken:
So sicher schrittst du hinaus in die Welt,
Und nun ist alles in Schwanken.

Schreit' wacker zu und laß von der Qual
Des Suchens dich nicht schrecken —
Das Beste im Leben muß nun einmal
Ein jeder selbst entdecken.

Jonathan.

Der Schrecken liegt auf Israel schwer.
Vordringt mit Hohn das Philisterheer,
Und Israel betet, der Priester Spruch
Legt streng auf Speise und Trank den Fluch,
Den zürnenden Herrn zu erweichen.

An heißem Tag zog Jonathan
Mit der Schaar feldein, und siehe, da rann
Aus hohlem Baum von Honig ein Bach.
Er rief: „Vom Fasten werd' ich zu schwach!"
Und tauchte den Stab in den Honig.

Und wie er genippt, da fließt ins Blut
Ihm seltsam trotziger Übermut,
Und es brennt ihn die Schande, feige zu ruhn,
Und er fühlt den tobenden Trieb zum Thun.
Und er geht und schlägt die Philister.

Die Priester drohn. „Verdammt mich, verdammt!
Ich war's schon, da mir die Seele geflammt

Und ich konnte nicht tragen, was ihr ertrugt.
Und indes an die Brust die Faust ihr schlugt — —
Vermögt ihr es nicht, vergebt nicht!"

„Der Feind sank nieder auf blutigem Plan —
Nun sammelt euch wieder auf friedlicher Bahn,
Und wieder geruhig mag und bequem
Die Tugend messen den Weg wie vordem —
Den Durchbruch schafft nur die Sünde!"

Auf der Brücke.

Spät abends ist es und ich geh'
Hin auf der Brücke Bogen,
Kein Laut ringsum, ich geh' und späh'
Hinunter in die Wogen.

Im Wasser blitzt und schwimmt kein Licht,
Lautlos die Welle gleitet,
Ein Schleier, grenzenlos und dicht,
Liegt drauf die Nacht gebreitet.

Ein Mantel, der so weit und weich,
Das Leiden zu umschmiegen,
Der Ruhe unbewegtes Reich,
Umarmend und verschwiegen.

Die Welt entstieg dem Schoß der Nacht
Mit stürmischem Begehren —
Nun lockt uns ihre stille Macht,
Zu ihr zurückzukehren.

Die Uhr.

Stille im Bett sitzt Liese,
Lauscht mit gespanntem Blick:
Keine Musik wie diese! —
Tik — tak — tik!

Da ich, noch Junggeselle,
Mürrisch durchs Leben fuhr,
Sangst du an einsamer Stelle,
Schmucklose alte Uhr.

Und wie oft, wenn mich bange,
Trübe Gedanken gequält,
Hab' ich lange und lange
Deine Takte gezählt.

Ach, eh der Tag erglühte,
Grollt' ich meinem Geschick,
Schwer im Kopf und Gemüte —
Tik — tak — tik!

Jetzt in des Kindes Zimmer,
Meines Kindes Bereich,
Blinkt mir entgegen dein Schimmer,
Klingst du so mild und weich.

Einst in vergessenen Büchern
Las ich, von Staunen erfüllt,
Wie die Wilden mit Tüchern
Klug die Hufe umhüllt.

Stürmende Rosse der Horen,
Ward euch ein Gleiches gethan?
Dröhntet sonst in die Ohren,
Zieht nun wie schwebend die Bahn.

Ziehet sanft und gelinde,
Bringet holde Musik,
Singt von Glück meinem Kinde —
Tik — tak — tik!

Waldinneres.

Die Sonne strahlt: in ihrem Schein
Liegt da ein Stumpf, vermorscht und kahl;
Er saugt die Wärme träge ein,
Allein kein Leben weckt der Strahl.

In seinem Schatten, schwarz und breit,
Drängt Blume sich an Blume dicht —
Sie stehn in feuchter Dunkelheit
Und dürsten schmerzlich nach dem Licht.

Mein Vorgänger.

Geh ich ins Amt, führt mich mein Weg vorüber
An einem Brunnen dörflich plumper Art.
Die Röhre ist durch eine Wand gebrochen,
Und wo des Wassers Bogen niederfällt,
Sind Platten eingelegt von grauem Sandstein.
Auf diesen Platten, ganz zerbeizt von Feuchte,
Lag eines Tags ein sterbend kranker Mann,
Mein Amtsvorgänger. Lange Zeit schon siech,
Ward auf dem Heimweg er vom Schlag gerührt
Und sank hier nieder. Ich ward rasch gerufen
Und half ihm mit den andern in den Wagen.
Sein Antlitz war entstellt, er starrte dumpf
Aus leeren Augen und erkannte niemand.
Er wollte sprechen, stammelte, nur Laute,
Kein deutlich Wort. Wir brachten ihn nach
                              Hause —
Der Arme starb noch in derselben Nacht.

Geh ich ins Amt, führt mich mein Weg vorüber
Am kleinen Brunnen, wo er hilflos lag.

Mich schauerte, als ich's zuerst gedacht.
Nun geh' ich Tag für Tag denselben Weg,
Ins selbe Zimmer, auf denselben Platz,
Und denke nicht, wer vor mir dagewesen.
Ich schaffe, ordne und erteile Ratschlag,
Ein Glied des ruhelosen Einerlei,
Das schnurrt und schnurrt, indes die Menschen
                                  wechseln,
Und eine Spur die andere verwischt.

Schlußwort.

Was du thust, wonach du trachtest,
Laß die Menge aus dem Spiel:
Wenn den Pöbel du verachtest,
Achtest du ihn schon zu viel.

Willst du Zuspruch, brauchst du Stütze,
Lassen sie dich vogelfrei:
Aber schrill aus jeder Pfütze
Dringt der Niedrigen Geschrei.

Gegen dich sei treu und strenge,
Such in dir den besten Rat:
Trotzig durch des Volks Gedränge,
Schweigend geh den eignen Pfad!

Am Klavier.

Ich sitz' im Stuhl zurückgelehnt
Und lausche deinem Spiele, —
Wie's dröhnt und stürmt, umsonst sich sehnt
Nach unerreichtem Ziele.
Und lastend legt sich mir aufs Herz
Der Erde nutzlos Ringen,
Nach kurzem Fluge himmelwärts
Der Sturz mit lahmen Schwingen.

Und wie ich wende meinen Blick,
Da seh' ich auf den Tasten
Mit heiligem Eifer und Geschick
Die kleinen Finger hasten.
Und lächelnd hab' ich dessen acht,
Wie sie so lustig hüpfen,
Mir ist, als säh' ich durch die Nacht
Die lichten Träume schlüpfen.

Dann schau' ich in dein Angesicht,
Von ernsten Gluten helle —
Mag's dunkel sein, ich habe Licht
Und Licht aus reichster Quelle.
Laß kommen Sturm und Ungemach:
Ich will ihm nimmer weichen,
Wenn mir die Stirne nur hernach
So liebe Hände streichen.

Der Vermittler.

Ich seh' das Männlein jeden dritten Tag.
Es mag schon mehr als zwanzig Jahre sein,
Daß es zuerst mir in die Augen fiel,
Und immer ist es noch das gleiche Männlein,
Beweglich, munter, nicht nur mit den Gliedern,
Der Mund vor allem gönnt sich keine Rast,
Und das thut not, denn viel hat er zu regeln.
Und all die Jahre stets dieselbe Scene.
Ein Bursche, sechzehnjährig oder jünger,
Hoch aufgeschossen, mit gesunden Wangen —
Die sind nicht in der Stadt so rot geworden —
Stampft neben dem Vermittler durch die Straße.
Zu kurz die Ärmel und zu kurz die Hosen,
Weil aus den Kleidern er herausgewachsen,
Eh Geld für neu Gewand beisammen war,
Und ungeschlacht die Miene, die Bewegung.
Je massiger er, so munterer unser Mann.
Der junge Riese neben ihm horcht auf,

Ein Siegfried, der das Schmieden lernen soll,
Wie man gewandt ins Haus tritt, wie die Mütze
Vom Kopfe nimmt — und solcher Weisheit mehr.
Des Jungen Auge strahlt von guter Hoffnung
Und hängt gebannt an seines Meisters Lippen.
So seh' ich ihn an jedem dritten Tag.
Und wann ich auch den alten Mann gefragt,
Wie es ihm geht, er hat noch nie gemurrt, —
Es trägt recht wenig, ihm ist es genug.

Doch neulich sah ich ihn wie nie vorher.
Den Blick voll Haß, nein voll Verachtung, starrte
Er einem nach: „Nicht einmal danken, Lump!"
Der Herr, der langsam schreitend vor ihm ging,
War wohlbekannt, Direktor der Centralbank
Und Ehrenmitglied sämtlicher Vereine —
Doch kaum hat der Vermittler mich erblickt,
Spricht er mich an, es brennt ihm auf der Zunge:
„Da schauen Sie ihn an, den Herrn Direktor!
Ich grüß' ihn höflich, und er dankt mir nicht.
Der Gruß ist Höflichkeit, der Dank ist Pflicht,
So heißt es ja! — Nicht zwanzig Jahre sind's,
Da trampelte der Mann mit mir im Kot,
Daß ihm der Schmutz bis an die Weste sprang.
Ein Bär hat mehr Geschick, als er gehabt.
Und zehnmal mußt' ich laufen, endlos reden,
Eh ich den Bengel angebracht als Lehrling.
Die Hände hätt' er damals mir geküßt.
Und traf ich ihn, so lief er auf mich zu

Und sprach von lebenslanger Dankbarkeit.
Mein Gott, ein alter Mensch nimmt das nicht
ernst.
Nicht lang darauf erhielt er fünfzehn Gulden,
Sein erst Gehalt. Er hat mir's gleich geschrieben,
Doch auf der Gasse grüßt' er mich nur scheu,
Und herzlich nur, wenn niemand sonst dabei war.
Doch freut' ich mich, er war ein hübscher Junge
Und wußte sich recht elegant zu tragen:
Der bringt es weit, so dacht' ich, der versteht's.
Zwei Jahre drauf ward er Commis, ein Herr.
Er wartete auf meinen Gruß. Ich grüßte —
Und er, so gnädig, wie's die Großen thun,
Er dankte lächelnd, zog den Hut vertraulich
Und fragte manchmal mich nach dem Befinden.
Es ging ihm gut. Er wurde Procurist.
Und bot ich dann bescheiden meinen Gruß,
So tippte vornehm er an den Cylinder
Und ging vorbei mit eisernem Gesicht.
Was that's? Ich grüßte ihn und war bedacht,
Den Stolz des Herrn nicht gar zu sehr zu prüfen.
Wollt' er nicht sehn auf voller Promenade,
Ich drängte mich nicht auf. Doch ganz vergessen
Wollt' ich nicht sein — derlei Bekanntschaft
brauch' ich.
Direktor ist er jetzt und Schwiegersohn
Des Herren von ... und jetzt geht er vorüber,
Ich ziehe bis zur Erde meinen Hut,
Er schaut mich an, gerade ins Gesicht,

Und geht vorüber, ohne mir zu danken.
Ohne zu danken! Dieser — Herr Direktor!
Doch er hat recht. So wird man heute groß.
Behüt' Sie Gott!" Und damit lief er weg.

Den Herrn Direktor sah ich oft seitdem.
Die Brust deckt lang ein ganzer Wald von Orden,
Und alle Welt singt preisend seinen Ruhm.
Ich aber seh', das Auge aufgehellt,
Dem vornehm stolzen Herrn hinein ins Herz,
Das arm geblieben ist in allem Reichtum.

Guarda e passa!

Vorüber geh' ich heut an einem Thor,
Ein Krämerladen, klein und schmal, darinnen,
Ich blicke auf, es steht ein Weib davor,
Das vor sich hinstarrt in verlornem Sinnen.

Das Kleid ist schwarz, das Auge matt und leer,
Wie eines, das um nichts mehr kann erstrahlen,
Und auf dem hagern Antlitz liegen schwer
Verwundnes Leid und abgestumpfte Qualen.

Sie ist allein! . . . Vorüber kann ich nicht,
Und in den Adern fühl' das Blut ich frieren,
Und angstvoll les' ich in dem Angesicht,
Wieviel ich hab', und was ich kann verlieren.

Verloren die Minute, die ich bleib'!
Nach Hause flieg ich, wie gehetzt vom Winde,
Ans Herz zu drücken mein geliebtes Weib,
Die Händchen abzuküssen meinem Kinde.

Nachruf.

Nun schiedest du. Und ohne Bitterkeit
Schloß sich dein Aug der Lebenden Gedränge —
Du sagtest dir: Verstrichen ist die Zeit,
Das weite Leben mündet in die Enge.

Stets hat dein Herz mit regem Schlag gepocht;
Wohl kam auch Sturm, drin ungestüm zu wühlen,
Doch alles, was zu fühlen es vermocht
An Glück und Lust — verstand es auch zu fühlen.

Im Kampf des Lebens standst du stark und gut
Und reingehalten hast du deine Ehre —
Heil, dem's gelingt in dieses Streitens Wut,
Daß er von Herz und Hand die Flecken wehre!

Und trug die Müh', die harte, keine Frucht,
Du schafftest fort mit ruhigem Vertrauen —
O schwer ist's, unter des Mißlingens Wucht
An seinem Werke gläubig fortzubauen!

Der edle Zorn hat oft in dir gebebt,
Du sahst und prüftest und bist mild geblieben:
Und ob du mit den Menschen lang gelebt,
Hast du die Menschen nicht verlernt zu lieben.

Spruch.

Mir will im Leben wie im Lied
Der mystisch dunkle Trieb nicht taugen:
Wer Geister und Gespenster sieht,
Hat drum noch nicht die bessern Augen.

Verona.

La Piazza d' Erbe — blühende Gegenwart
Vermählt sich farbig grauer Vergangenheit:
Hier stand das Forum einst, gebietend
Tönten die Schritte der Weltbeherrscher.

Sein Wesen treibt ein schwatzendes Völkchen jetzt,
In bunten Fetzen lacht's in den Tag hinein,
Wo ist die Spur der hohen Ahnen
Hier im Getümmel des kecken Alltags?

Vor mir ein Jüngling, suchend hinabgebeugt
Zum Korb mit Früchten, feilscht mit dem Kräuter=
weib,
Und Rede schallt und Gegenrede
Wirr durcheinander, bis beide einig.

Nun aufgerichtet streckt er den schlanken Leib,
Ich seh' sein Antlitz, linienstreng und stolz,
Und weiter schreitet leichtbeflügelt
Hermes, der herrliche Götterbote.

Ein Tagebuchblatt.

Heute mittag — flog es auch vorüber
Wie Gewölk — es ist doch dagewesen.
Höre du, mein stiller Vers, die Beichte.

Heute mittag, da ich ging nach Hause,
Kam ein Freund mir auf dem Weg entgegen.
Als Studenten hatten wir vor Zeiten
Viel verkehrt und täglich uns gesprochen;
Er, vom vollen Wind gebläht die Segel,
Ich, gedrückt und zweifelnd an der Zukunft. —
Nun, was mich betrifft, mir gab das Leben
Mehr des Glücks, als ich gewagt zu hoffen.
Er? Sein Kleid und die bescheidne Miene
Machten überflüssig alles Fragen.
Aber er begann sofort vertraulich
Mir von seinem Leben zu erzählen,
Von Versuchen, von verfehlten Plänen
Und zuletzt — man sah's ihm an — vom Stranden.
Und ich hörte schweigend seine Klagen,

Erst gespannt, dann teilnahmsvoll und endlich ...
Wie im Schauspielhaus die scharfe Grenze
Zwischen denen, die da oben leiden,
Und dem Platz, der uns bequem bereitet,
Das Geschehnis rückt in jene Ferne,
Die vergnüglich macht das Miterleben —
Also klangen mir die trüben Worte
Als ein Untergrund für das Behagen,
Daß ich sicher steh' auf sichrem Boden.
Und indessen er in seiner Schild'rung
Immer mehr und mehr der Klüfte aufriß,
Fühlt' ich fester unter meinen Füßen,
Immer fester sich den Grund verdichten.
Und mir war wie einem reichen Manne,
Der im Steinhaus wohnt am wilden Wasser.
An die Scheiben schlagen laut die Tropfen,
Und die Wellen plätschern dumpf und drohend.
Und er sitzt am Herd in warmer Stube,
Hört wie rauschende Musik das Wetter,
Denkt ein wenig an die kleinen Hütten,
Welche dicht am Rand des Baches liegen,
Seufzt dabei und streckt sich an dem Feuer.

Spatzen.

Ausgeworfen sind die Brocken,
Und ich brauche nicht zu locken;
Denn schon lange spähn sie scharf,
Ob zu Tisch man kommen darf.

Und nun hüpfen sie und picken,
Äugeln mit vergnügten Blicken,
Piepsen munter in die Welt,
Weil die Tafel reich bestellt.

Und Bewegung allerorten —
Der prüft hier und kostet dorten,
Zieht mit dem gewählten Stück
Sich dann ungestört zurück.

Einer frißt; da kommt der zweite,
Schleppt den Bissen auf die Seite:
Jener sieht es guten Muts,
Nimmt das nächste Stück — was thut's? —

Aber ach, zum kargen Reste
Kommen immer neue Gäste,
Und von allen bleibt zuletzt
Nur ein einziger Brocken jetzt.

Flugs springt einer zu dem Bissen,
Hat ihn rasch an sich gerissen,
Aber eh' er birgt den Schatz,
Faßt ihn schon ein andrer Spatz.

Und sie zerren hin und wieder,
Zornig sträubt sich das Gefieder,
Und, für alles blind und taub,
Wälzen beide sich im Staub. — —

Haben Spatzen viel zu fressen,
Sind sie vornehm und gemessen;
Aber, tritt der Mangel ein —
Wie abscheulich, wie gemein! —

Gruß aus Florenz.

„Aus dem Lande, wo das Si tönt,
Aus dem Paradies der Künste
Bringt für mich den Gruß des Dankes
Meister Dante Alighieri."
So das Blatt, das ich entnahm
Einem Päckchen aus Florenz.
Die es sandte, war ein Mädchen,
Sechzehnjährig, großgeaugt,
Mit den schönsten Schwarzhaarwellen,
Das als wohlbestallter Lehrer
In der Völker Geistesschätze
Ernsten Sinns ich eingeführt.
In Italien weilt sie grade,
Und gedenkend, daß vor allen
Ich den strengen Dante pries,
Sendet sie mir jetzt sein Bildnis.
Und gerührt, ein wenig bebend,
Streif' ich ab den leichten Umschlag.
Eine Busennadel liegt drin,
Und ihr Köpfchen eine Gemme,
Überzierlich fein geschnitten,
Und ich presse an die Lippen
Meinen Dante Alighieri.

Da — wie ist mir? Diese Züge
Sind nicht die des Höllenpilgers;
Statt der schmalen, bittern Lippen
Seh' ich einen kecken Mund:
So blickt nur Messer Giovanni,
Und das ist der Schelm Boccaccio! —
Schlimmster! Wie gerietest du,
Dessen Namen man nicht ausspricht
An dem Tisch der Sittenreinen,
An das unschuldvolle Mädchen,
Fromm und züchtig aufgewachsen? —
Nein, g e w ä h l t hat sie dich nicht,
Doch wie ist es nur gekommen? . . .
Hat der freche, kleine Bube,
Der zumal im Süden heimisch
Und mit Sinnlichkeit die Luft würzt,
Statt des finstern Rachepriesters
Ihr den Lehrer süßer Weltlust
Frevelnd in die Hand gespielt?
Oder, alter Galeotto,
Vielerfahrner Menschenkenner,
Wußtest du, daß ich den Dante
Lehrend auf den Lippen trage,
Während tief im Herzen drinnen
Du mir kicherst, Freund Boccaccio?

Der Blinde.

Ein blinder Bettler lehnt an einer Wand,
Vor sich gestreckt die hagre offne Hand.
Ein Knabe mit dem Vater kommt daher,
Er plaudert, lauscht und fragt nur immer mehr.
Der Knabe sieht den Bettler, hält und nimmt
Aus seinem Täschchen, das dafür bestimmt,
Die Spende schnell und reicht sie hin dem Mann,
Hinauf zur Hand, doch langt er nicht hinan.
Wie sehr er auch sich auf die Zehen stellt —
Die Hand bleibt hoch und greift nicht nach dem
Geld.
Der Knabe blickt dem Bettler ins Gesicht
Und fragt: „Papachen, warum nimmt er's nicht?"

Der Vater schweigt; er zaudert wehmutsvoll,
Der Antwort denkend, die er geben soll,
Dem Knaben, der so froh, die Welt zu schauen,
Zu gießen in das Herz das erste Grauen.

Selbstbildnis.

Das bin nun ich! Und bin es so für jeden,
Der mich erblickt, so lang ich geh' im Licht —
Das sind die Lippen nun, die für mich reden,
Und dies das Auge nun, das für mich spricht!

Und dieses Antlitz, das ich schau' im Spiegel,
Es ist die Prägung für mein ganzes Sein:
Mein Innerstes deckt dieses stumme Siegel,
Und Hunderte, sie kennen dies allein.

Nun prüf' ich's selber gleich den andern allen,
Mit ernstem Blicke, der sich nichts verhehlt,
Und glaube: wär' die Wahl mir zugefallen,
Ich hätte wohl ein andres ausgewählt.

Wie schön, den Kranz schon auf der Stirn zu tragen,
Als Preis voraus von der Natur verlieh'n —
Von meinem Antlitz könnt' ich höchstens sagen:
Es stößt nicht ab, vermag nicht anzuzieh'n.

Und dennoch, schau' ich länger, möcht' ich meinen,
Der Zug und jener deut' auf höhere Glut,
Mein Haar und meine Augen, will mir scheinen,
Sie stünden jedem Angesichte gut.

Und immer mehr, was mir als Vorzug gelte,
Entdeck' ich dann und komme zu dem Schluß:
Es thut nicht not, daß ich mich selber schelte,
Ich bin mit mir zufrieden, wie ich muß.

Und aller Welt, die schaut in meine Züge,
Tret' ich entgegen freien Blicks und froh:
So bin ich nun, so thu' es euch genüge,
Und thut es nicht, ich bin nun einmal so! —

Willst du dir selber recht sein, wehrst du's andern?
Und schiltst das Maß, mit dem sich jeder mißt?
Sie alle sind verdammt, durchs Sein zu wandern
Und zu behaupten, was ihr eigen ist.

Wie sie sich geben, spiel' nicht den Verächter.
Du weißt, warum sie's thun, drum richte mild:
Sei allen deinen Brüdern ein Gerechter,
Wie du gerecht bist deinem Spiegelbild.

Ende.